BRUITS DE GUERRE.

POÉSIE NATIONALE.

PAR

CHARLES FELLENS,

Membre de l'Athénée des Arts.

Prix : 50 centimes.

PARIS.

CHEZ L'AUTEUR, QUAI PELLETIER, Nº 2;

A L'ATHÉNÉE CENTRAL ENCYCLOPÉDIQUE,

Rue de Valois, N. 13, et galerie de Valois, N. 164, Palais-Royal;

ET CHEZ LES MARCHANDS DE NOUVEAUTÉS.

A SCEAUX.

LEMIÈRE, RUE HOUDAN.

AOUT 1840.

BRUITS DE GUERRE.

POÉSIE NATIONALE.

PAR

CHARLES FELLENS,

Membre de l'Athénée des Arts.

PARIS.

CHEZ L'AUTEUR, QUAI PELLETIER, N° 2;

A L'ATHÉNÉE CENTRAL ENCYCLOPÉDIQUE,

RUE DE VALOIS, 13, ET GALERIE DE VALOIS, 164, PALAIS-ROYAL;

ET CHEZ LES MARCHANDS DE NOUVEAUTÉS.

A SCEAUX,

CHEZ LEMIÈRE, RUE HOUDAN.

AOUT 1840.

On me pardonnera sans doute l'imperfection et la faiblesse de
mes vers, lorsqu'on saura que l'imprimeur s'en emparait, pour
ainsi dire, à mesure que je les écrivais; et que, voulant profiter
du moment, je n'ai pas eu le temps de les revoir avec le calme
d'une pensée qui ne bouillonne plus aux feux de l'inspiration
poétique.

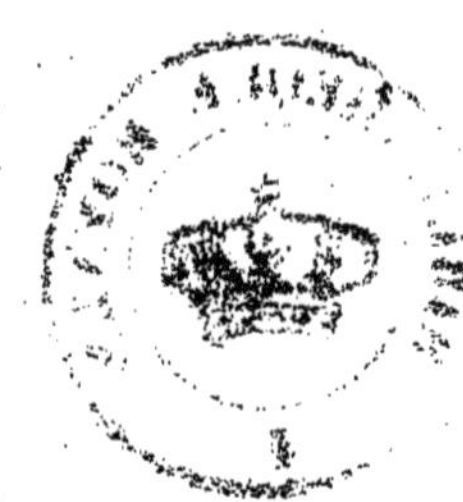

BRUITS DE GUERRE.

Aux armes, citoyens !

La Marseillaise.

SOMMAIRE.

Appel. — L'Honneur de la France. — Malheur des Guerres. — La Voix de la Patrie. — Les Chartistes et la Loi salique. — L'ombre de l'Empereur. — Enthousiasme général. — Notre Marine. — Les Cris de douleur et les Larmes de joie.

I.

Amis, le jour se lève et l'aurore étincelle !
Brûlons d'un pur encens la plus pure parcelle ;
L'autel de la patrie est prêt, il faut partir !
Entendez-vous au loin mille échos retentir ?
Français, qu'autour de nous s'arme la vigilance ;
Des enfans d'Albion châtions l'insolence.
De l'honneur du pays sapant les fondements,
Ils osent provoquer d'illustres châtiments :
Couvrons donc leurs créneaux de sanglantes histoires,
Fustigeons leur orgueil du bruit de nos victoires ;
Marchons ! et, des combats levant les étendards,
Et tenant dans nos mains nos balles et nos dards,
Courons, braves amis, à travers les mitrailles,
Buriner nos exploits au haut de leurs murailles,
Et, décorant nos fronts de l'éclat de nos droits,
Foudroyer à grands coups cette ligue de rois.

II.

O toi, qu'au premier rang l'univers a nommée,
France, souffriras-tu que de ta renommée,
Sans frémir aussitôt d'un céleste courroux,
Le sceptre soit brisé par un peuple jaloux?
Non, respect à ta gloire, à ta gloire éternelle,
Que peuvent invoquer d'une voix solennelle
Ceux qui, dans Mazagran, inscrivirent leurs noms
Sous les boulets brûlants de trois mille canons !

La France ne sait pas, d'une reine parjure,
Supporter froidement l'ironie et l'injure.
Son peuple est noble et fier; son honneur est sacré,
Et si puissant qu'il soit, nul ministre, à son gré,
N'a le droit d'y toucher d'une main insolente,
Sans remuer soudain quelque cendre brûlante.

III.

Un immense Vésuve est caché sous nos pas,
Prêt à vomir au loin les foudres du trépas.
Par cent torrents de feu l'Europe désolée,
Jusqu'en ses fondements va se voir ébranlée,
Et la mort est déjà prête à passer sa faux
Partout où la discorde a tourné son œil faux.
Mais le monde attentif à ces coups déplorables,
Saura bien, en ces jours, discerner les coupables.
Toute larme de sang retombera sur eux;
Ils pâliront aux cris des peuples malheureux :
Car les vastes cités qui florissaient naguère,
Ne pouvant échapper aux gouffres de la Guerre,
Lui paieront leur tribut, et tout peuple vainqueur,
Ainsi que le vaincu gémira dans son cœur.

Mais vous l'aurez voulu, ministres insulaires ;
Vous n'envisagez pas les transes populaires :
Votre orgueil suit sa pente, et votre ambition
Plane comme un vautour de Lutèce à Sion.
Tremblez, torys, tremblez ; Thémis veille, et son glaive
Pour venger notre affront sur vos têtes se lève ;
Et tout soldat français, dans sa noble fierté,
Vous dira ce qu'au monde on nomme LIBERTÉ.

IV.

Mais d'où vient que mon sang bouillonne dans ma veine,
Et que j'écris des mots de colère et de haine ?
Moi qui vis, gouvernant sans craintes un état
Où je suis à la fois sujet et potentat ;
Qui n'ai pour tout palais qu'une chambre d'ermite,
Dont six mètres carrés ont marqué la limite ;
Et qui, laissant gronder l'orage des partis,
Tends la main aux ligueurs à la paix convertis ;
Moi dont jamais le fiel de la haine insensée
N'avait, jusqu'à ce jour, altéré la pensée,
Et qui trouve du charme à voir couler mes jours
Au sein de l'amitié qui m'enchaîna toujours ;
Moi dont l'âme s'attriste au souffle des querelles,
Et qui ne fus jamais malheureux que par elles,
Et qui suis toujours prêt à dire, plein d'émoi,
A l'ami qui me fuit : Frère, pardonne moi !...
Ah ! c'est qu'il est au cœur une puissante fibre,
Sainte lyre du ciel, qui résonne et qui vibre
Alors que la patrie, au nom de son bonheur,
Parle de liberté, de victoire et d'honneur.

V.

Mais vous, Chartistes, vous, nos frères politiques,
Vous qui des droits de l'homme entonnez nos cantiques,

Pardon, si de mon vers aigrissant les accents,
Je jette à vos palais ses six pieds menaçants.
Sur le trône une femme a posé sa sandale,
Et de sa nullité jaillit tout le scandale.
Et toi, peuple de wighs, peuple de libéraux,
De qui les rangs nombreux pressent tant de héros,
Tu ne songes donc pas qu'une femme débile
Ne peut être jamais qu'une reine inhabile?
Qu'à des hommes il faut des hommes fiers et forts,
Comprimant des seigneurs les coupables efforts,
Et qui, de Palmerston fouettant la convoitise,
Le mènent à Bedlam expier sa sottise.
Eh! que t'a donc servi que la voix du canon
Jusque dans l'autre monde allât dire ton nom,
Et que ta main noircie, en sublimes conquêtes,
Allât sur l'océan présenter tes réquêtes,
—Si de peuple géant devenu peuple nain,
Tu passes sous le joug d'un sceptre féminin?
Peuple, réponds-moi donc. Celle qui te gouverne
Ira-t-elle briser le pain de la caserne?
Aux débris d'un rempart croûlant avec fracas,
Ira-t-elle durcir ses membres délicats?
Non, ce n'est qu'un roseau. C'est une jeune femme
Qui sous des cieux en feu brûle d'une autre flamme,
Que des cartels d'amour poursuivent en tous lieux,
Et n'a d'autre carquois que l'orbe de ses yeux (1).

Eh quoi! des hommes fiers et pétris de génie,
Colosses dont le pied touche l'Océanie,
Qu'une femme pourrait, un jour, en son palais,
Manier à son gré comme d'humbles valets,
Quand nous, peuple gaulois de la première race,
Des pavois féminins avons perdu la trace!

____

(1) Loin de moi l'idée d'avoir voulu fronder la Reine d'Angleterre,
hors du cer^{cle} politique.

Eh ! ne savez-vous pas, qu'armé de tous ses droits ,
Le peuple sait punir les sottises des rois ?
Et n'avez-vous pas eu votre quatre-vingt-treize,
Votre échafaud royal et votre Louis seize ?
Si jamais cette femme, en sa témérité,
Brisait le piédestal de votre liberté,
Barbares, iriez-vous d'une main presque infàme ,
Livrer à vos bourreaux une tête de femme !..
Et vous savez pourtant qu'un barbare Gaulois
A signé le premier la plus sage des lois....

Mais vous me répondez que votre jeune reine
N'est, malgré son éclat, qu'une machine vaine....
Quoi ! vous profaneriez les fleurs de son printemps !
Vous verseriez le fiel sur ses frêles vingt ans !
Non, respect ! et des rois dans la mobile arène
Si l'on place une femme, il faut qu'elle soit Reine.

Pour moi, fier partisan de ce sexe adoré,
Moi, d'un simple regard qui me trouve honoré ,
J'aime à le protéger contre un dard de satire,
Poignard que sa faiblesse à ses vertus attire.

Quand la femme a posé sur un sable brûlant ,
A mon passage, un pied timide et chancelant,
Je l'emporte en ma barque, aux vents je m'abandonne,
Et, lisant dans ses yeux les lois qu'elle me donne,
Prosterné devant elle, humble, je me soumets...
Comme AMANTE, toujours ! comme *Reine*, jamais !

VI.

Oui, si la guerre un jour, rougissant notre terre,
Arme pour se frapper la France et l'Angleterre,
Si l'union, l'estime et la sainte amitié
Sous le fer du soldat désertent sans pitié,

Qui faut-il accuser? ta frêle souveraine
Qui, devant son pouvoir à son titre de reine,
Va de son Palmerston ratifier les vœux
Et faire à ses *sujets* entendre des *je veux.*
Pauvre femme qui tremble, et qui dans l'alliance
Du despote du Nord va chercher sa vaillance.
Mais quoi! de Nicolas les immenses états
A son appui, sans doute, offrent peu de soldats!
Valeureuse amazone, à l'autocrate russe
Laissez-la joindre encore et l'Autriche et la Prusse.
Que ces fières tribus s'avancent contre nous !
La force de nos droits leur pliera les genoux.
D'ailleurs Napoléon, le dieu des pyramides,
Sera là pour tonner du sein des Invalides.

VII.

1.

Debout! fiers vétérans, par la gloire éprouvés,
Préparez les lauriers que réclame sa cendre ;
Debout! tenez vos fronts vers le ciel élevés!
Des célestes lambris son ombre va descendre !

Ces vieux débris humains qui s'en vont lentement
Rendre leur dernier souffle au gouffre de la tombe,
Quand toute feuille sèche à l'automne succombe,
    Vont rajeunir subitement.

Déjà sur leur visage, on voit dans chaque ride,
Noble sillon tracé par le doigt de l'honneur,
Tomber furtivement de leur paupière aride
    Les douces larmes du bonheur.

Enfants, dont les drapeaux attendent le courage,
    Vous allez au fond de vos cœurs
Sentir d'un feu divin les puissantes ardeurs ;

Courbez vos jeunes fronts, vous serez son ouvrage.
C'est le général des vainqueurs !

Fiers monarques, vous dont l'empire
Éprouvait à son nom de subites terreurs,
A ses cendres offrez le tribut des honneurs;
Il a droit au respect de tout ce qui respire :
Car c'est le roi des empereurs.

Et vous, rois généreux, vous qui dûtes combattre,
Pour sauver vos trésors, votre sceptre et vos droits;
Vous, par son bras puissant qui vous vîtes abattre,
Hommage, hommage à lui, c'est l'empereur des rois !

C'est l'éternel géant qu'épargna la mitraille,
Celui qui resta grand au milieu des revers;
Celui qui de son nom plus fort qu'une bataille
Faisait trembler tout l'univers !

2.

Quand la nue a craqué sous un coup de tonnerre,
Et que l'éclair qui meurt en regardant la terre
A passé, rapide flambeau;
Quand les échos, ronflant d'une voix formidable,
Grondent comme le bronze au timbre redoutable,
Oh ! que le ciel, le ciel est beau !

Ainsi quand le grand homme, ardente sentinelle,
Lançait aux ennemis l'éclair de sa prunelle;
Qu'il gravait ces trois mots à l'aide d'un drapeau
Arraché noblement aux rivales cohortes :
Gloire, Honneur et *Beaux-Arts,* sur le seuil de nos portes,
O France ! ô mon pays ! que ton ciel était beau !

3.

Ils reviendront, ces temps de gloire,
Où pour gagner une victoire,
A défaut de poudre à canon,
Ou de balles, ou de mitraille,
Aux ennemis, dans la bataille,
On n'avait qu'à jeter son nom.
Quelle est la peuplade insensée
Qui, dans l'espoir d'un grand succès,
Pourrait, de son repos lassée,
S'armer contre le nom français,
Quand sa grande ombre sous le dôme
Veille à la garde du royaume?
Quel démon sorti des enfers,
Rêvant déjà nos funérailles,
Ou pour nos mains forgeant des fers,
Oserait battre nos murailles,
Alors qu'il pourrait, ô terreur!
Qu'il pourrait, malgré son audace,
Se trouver soudain face à face
Avec l'ombre de l'empereur!!!

VIII.

Déjà de nos guerriers l'élite généreuse
Ne peut plus contenir sa fougue valeureuse.
Depuis longtemps, les yeux fixés vers le levant,
Ils n'attendent qu'un mot pour crier : En avant!
Le repos a rouillé le fer de leur armure,
Et d'un calme si grand leur courage murmure;
Et nos vieux vétérans que les ans ont transis,
D'incroyables hauts faits attendent les récits;
Et le soldat nouveau que la victoire anime,
Veut dans chaque ennemi trouver une victime;

Et les conscrits d'hier élevant leurs chapeaux,
Demandent des fusils, du plomb et des drapeaux.
Le monde fait silence, et, dans sa sphère active,
A tous les flots des mers la France est attentive.
Le pasteur aux aguets a suspendu ses chants,
Le citadin écoute, et la fille des champs,
Pour attacher la croix que promet sa tendresse,
Montre à son fiancé le ruban qu'elle tresse.

Découvrez vos frontons, ô portiques français ;
Mille noms glorieux vous diront leurs succès,
Car déjà parmi nous la discorde civile,
Au seul mot d'*étranger* a déserté la ville ;
Et tout homme de cœur, ou noble ou plébéien,
Pour l'honneur du pays est d'abord citoyen.

IX.

Mais voyez-vous glisser le mousse entre les toiles,
Le marin s'apprêter à déployer les voiles?
Voyez-vous s'élever sur l'écume des flots,
Impatients d'agir, nos bricks et nos brûlots?
Venez, Russes, venez ; d'une voix de prophète,
Je le dis en ce jour : Amis, la belle fête!
Et sur terre, et sur mer, partout où l'on verra
Le quadruple étendard, le Français passera
Plus vite que l'éclair qui brille dans l'orage,
Attachant à son char le prix de son courage.

X.

Mais cette gloire, hélas! fera couler des pleurs ;
Que de cris déchirants, d'angoisses, de douleurs!

La mère pour son fils, et la sœur pour son frère,
Croyant voir s'allumer la torche funéraire,
Maudissent dès ce jour la guerre et tous ses dieux;
Et des jeunes guerriers repoussant les adieux,
Trop tendres pour céder au zèle de ces braves,
Déjà de leur amour opposent les entraves.

Étouffez vos chagrins dans le fond de vos cœurs,
Héroïnes de Sparte, ils reviendront vainqueurs;
Les lauriers immortels ombrageront leurs têtes,
Et leurs noms voleront plus haut que leurs conquêtes.
Sur le champ de bataille où plane le trépas,
Percé de mille coups, un Français ne meurt pas;
L'airain retentissant de mille renommées,
Porte au monde son nom, l'orgueil de nos armées;
Et quand le monde entier sait ce nom précieux,
Au front de la colonne il va briller aux cieux.

Tarissez donc ces pleurs où votre amour se noie,
Comme pour la douleur il en faut pour la joie!
Immolez ces transports dont jamais la raison
De la gloire des Grecs ne ternit l'horizon.
Mères et sœurs, et vous, modestes fiancées,
Les voix de l'âme au ciel sont toujours exaucées!
Vous brûlerez l'encens au pied des saints autels,
Les parfums de vos cœurs iront aux immortels,
Et Dieu qui vous verra sur les humides pierres,
A vos pieux accents, séchera vos paupières;
Et ceux que vous aimez, brillants et décorés
Reviendront dans vos bras pour s'y voir adorés.

Charles FELLENS.

NOTES [1].

I.

N'avons-nous pas, plus d'une fois, supporté avec la plus grande patience, les injures et la hauteur de notre rivale? N'est-il pas temps de prendre une revanche éclatante? Et si la guerre ne dépend plus que de nous, faudra-t-il nous humilier encore pour conserver une alliance que la mauvaise foi fait chanceler chaque jour?

II.

Le monde entier (je parle du monde policé), s'accorde à mettre la France en tête des nations civilisées; et c'est justement de ce titre que les Anglais sont jaloux. Mais quel pas immense n'ont-ils pas encore à faire pour atteindre au faîte de nos libertés, bien que ce soient eux, je l'avoue, qui aient, les premiers, soufflé le patriotisme dans le cœur des peuples libéraux!

J'ai parlé, dans cet article, de trois mille canons. Il est évident que, dans l'attaque de Mazagran, les Arabes n'en avaient pas autant. Mais ils étaient, eux, au nombre de dix ou douze mille. J'ai donc cru pouvoir user de l'hyperbole pour donner à ce magnifique fait d'armes tout l'éclat dont il est digne.

---

(1) Ces notes correspondent aux numéros des articles.

III.

Je serais coupable à mes propres yeux si, tout en cherchant
à exciter la valeur française au contact de ce que j'éprouve,
je ne faisais pas, en même temps, un appel à l'humanité
sur les maux qui dérivent de la guerre.

IV.

Je demande pardon pour ces vers où je peins mon carac-
tère sous des couleurs peut-être un peu trop favorables. Mais
ne devais-je pas, aux yeux de ceux qui me connaissent ordi-
nairement si paisible, expliquer en deux mots la cause de la
grande colère qui m'anime aujourd'hui? Je n'ai jamais pu
supporter froidement les mépris ou l'injustice, et mon cœur
se révolte à la pensée du présent comme au souvenir du
passé.

V.

Lors de l'avènement de Victoria, j'ai déjà fait entendre
quelques mots sur la *loi salique*, que je voudrais voir adop-
ter par un peuple pour lequel (aristocratie et clergé à part),
je me suis toujours senti quelque penchant, et que je regarde
comme notre égal sous plus d'un rapport. J'ai eu la satisfac-
tion de voir, peu de temps après, adresser à la chambre des
communes ou au parlement, quelques pétitions relatives à
cet objet. Je saisis aujourd'hui l'occasion d'y revenir, car je
déplorerai toujours l'aveuglement des classes dont les idées
constitutionnelles ont du rapprochement avec les nôtres, et
l'avilissement d'un homme qui se traîne au char de triomphe
d'une femme qui n'a pour elle que le hasard de sa naissance.
Aussi, combien je suis fier de penser qu'il n'existera jamais
un *Albert* dans mon pays, et que la royauté chez nous ne
peut pas *tomber en quenouille.*

VI.

Sans aucun doute, selon moi, si le troisième pouvoir de
la Grande-Bretagne, le pouvoir suprême s'était trouvé entre les mains d'un homme de bon sens et non d'une femme
incapable, lord Palmerston n'eût jamais dit : « La question
d'Orient *m'ennuie*, et puisque la France ne veut pas céder,
je signe le traité. » Pauvre reine! j'allais presque ajouter :
Pauvre peuple !

VII.

Sous le point de vue militaire, Napoléon passera toujours
à mes yeux comme le plus grand général, comme le génie
le plus prompt et le plus clairvoyant qui ait jamais existé.
Sous ce rapport, je lui rendrai toujours une éclatante jus-
tice, et son portrait ne cessera pas d'orner mon apparte-
ment. Mais comme chef de l'état, je n'en dirai jamais rien.

On trouvera peut-être que les images et les comparaisons
de ce passage sentent un peu l'exagération. Mais qu'on n'ou-
blie pas que je devais nécessairement mettre ma pensée à la
hauteur du sujet que je traitais. Telle est du moins ma ma-
nière de voir, que je ne prétends imposer à personne.

VIII.

De tous côtés, dans nos départements, les jeunes gens s'en-
rôlent avec ardeur, et de toute part on attend avec des in-
quiétudes diverses la solution du problème national que les
ministres anglais nous ont posé, et que nous ne demandons
pas mieux que de résoudre à coups de canon.

IX.

On prétend que notre marine est inférieure à la marine
anglaise parce que celle-ci se compose de quelques vaisseaux

de plus que la nôtre. C'est une erreur. Les navires anglais, vieux et pourris, ne supporteraient pas impunément un combat naval; d'ailleurs, ils sont disséminés dans les différents ports de leurs colonies, tandis que la plupart des nôtres étant entièrement neufs, peuvent être facilement radoubés en cas d'événement, et sont réunis dans l'Océan et la Méditerranée. Il est donc impossible que l'Angleterre puisse réaliser une flotte, je ne dirai pas supérieure, mais égale à la nôtre.

X.

Il arrive toujours durant la guerre des malheurs inévitables. Nos peines et notre sang appartiennent à la patrie, à laquelle chacun doit payer sa dette.

Quant aux mères qui tressaillent d'effroi au seul mot de guerre, je me contenterai de leur rappeler les faits suivants, que tout le monde connaît.

Une mère de Lacédémone, armant son fils pour un combat, et lui remettant son bouclier : « Rapporte-le, dit-elle, ou qu'on te rapporte dessus (1). »

Une autre, apprenant qu'un de ses fils était mort glorieusement dans le combat : « Je ne m'en étonne pas, dit-elle, c'était mon enfant. » Apprenant ensuite que l'autre avait fui lâchement : « Il n'était donc pas mon fils », s'écria vivement cette généreuse mère.

Une autre ayant appris que son fils s'était sauvé du combat, lui écrivit : « Il se répand un bruit injurieux à ton honneur, fais-le taire ou meurs (2).

FIN.

---

(1) On sait 1° que les fuyards, pour être plus libres, se débarrassaient souvent de leur armure; 2° que, chez les Spartiates, on rapportait sur son bouclier celui qui avait péri glorieusement dans la mêlée.

(2) Ces trois anecdotes sont tirées textuellement du *Dictionnaire d'Éducation.*

Imprimerie de A. APPERT, passage du Caire,

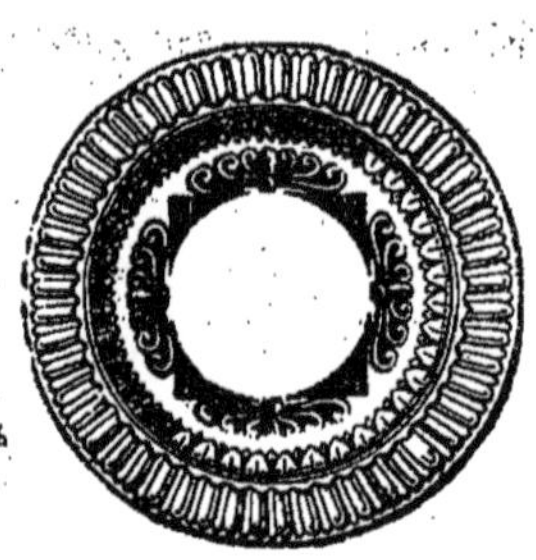

Imprimerie de A. APPERT, passage du Caire, 54.